新　潮　文　庫

頭のうちどころが悪かった熊の話

安東みきえ著

新　潮　社　版

9316

頭のうちどころが悪かった熊の話　もくじ

本文挿画　下和田サチヨ

頭のうちどころが悪かった熊の話

頭のうちどころが悪かった熊の話

気がついたとき、熊《くま》は頭をおさえてすわっていた。

頭のてっぺんに大きなこぶがあったので、どこかでぶつけたらしいということはわかったけれど、そのほかのことはさっぱり思い出せない。

「いったいどうしたのだろう。それにしても、レディベアはどこにいるのだろう」

と、熊はつぶやいた。しかしいってはみたものの、いったいレディベアというのがだれだったのかがわからない。ただ熊にとっては大事な相手だということだけはぼんやりとおぼえていた。

ふと見ると、すぐそばに大きな陸亀《りくがめ》がいるのに気づいた。レディベアはいつも熊のそばにいてくれたという気がしていたので「きみはレディベアかい?」と遠慮がちにたずねてみた。

すると亀は「ありがとう。たしかにおめでたい日です」とこたえる。そして、じっとこうらを日にあてている。

熊は亀のこうらにおそるおそるふれてみた。すると手のひらになんともいえない温かさがつたわってきた。熊はレディベアがとても温かだったということも思い出した。

「ああ、あったかい。やっぱりきみがレディベアだね」

熊は亀のこうらにほほをよせた。その温《ぬく》もりは熊をなつかしい気持ちにさせた。

じっと熊が目をとじていると、亀がまた口を開いた。

「婦人《ふじん》に年をきくなんて、ぶしつけというものです」

　熊はおどろいた。

「ぼくは年なんてきいてません」

「たしかにケーキはローソクで穴《あな》ぼこだらけっ」

「いったい、なんのことです？」

「プレゼントなんていりませんとも。ただ、コケは新鮮《しんせん》なものにねがいます」

　話がどうにもとんちんかんなので、熊が途方《とほう》にくれていると、頭の上から笑《わら》い声《ごえ》がきこえてきた。顔をあげてみると、笑っているのはクマバチだった。ハチは熊にとってはアクセサリーみたいになじみの良《よ》いものだから熊はほっとした。

　ハチがいった。

「あんたは知らないだろうけど、この亀のおじょうさんはぼくのガールフレンドでね、きのうが百一歳の誕生日《たんじょうび》だったのさ。で、ぼくはきのう、おめでとうっていってやったんだ」

ハチは熊のまわりをぶんとひとまわりした。

「彼女《かのじょ》はとてもゆっくり生きてるものだから、考えることもゆっくりでね。きみが今きいた言葉は、ぼくがきのう話しかけたことへの返事っていうわけさ」

「熊を気どってどういうつもり？」とつぜんに、亀がいう。

「ぼくは気どらなくても熊なんです」熊は思わずいい返した。

「だから違《ちが》うったら」ハチが大笑いをした。「彼女は、きのうぼくがからかったことに一日おくれで腹《はら》をたてているんだよ」

亀がこたえるまでに一日かかるというのなら、話がかみ合わないのも当然《とうぜん》だった。

「ねえ熊、わかったかい？　あんたのさがすレディベアはこんなにのんびりやじゃないはずだよ。もっとすばしっこくって、もっと黒くって、もっと毛だらけなんだよ」

ハチはガールフレンドの亀の方に向き直って、

「ねえ、あんたのことをこの熊はお仲間《なかま》と間違えているんだけれど、どう思う？　ぼくとこいつとどっちが好《す》きかな？」

でも亀はゆっくりとまばたきしただけだった。クマバチは照《て》れかくしなのか、おかしくて死にそうだといって羽をふるわせた。笑ってのけぞったかと思うと、いきなりぽとんと落っこちて動かなくなってしまった。ほんとに死んでしまったのだ。

熊は頭のうちどころが悪かっただけで、それほどばかということもない。ハチがほんの短い命だということは知っていたから驚《おどろ》きはしなかった。

そっと手のひらにハチをのせ、その一生が楽しいものであったことを願《ねが》った。クマバチというからにはたとえ熊気どりであったとしても他人のような気がしなかったのだ。

熊は亀のこうらをやさしくなでた。

「もしもまた会えたなら、クマバチさんの思い出などをゆっくり話し合いたいものですね」

その熊にも、熊とどちらが好きかとたずねたハチにも、明日になれば亀は答えてくれるのだろうか。でもそれをハチが知ることはもうないのだ。

亀がさもおかしそうにくすくすと笑いだした。

熊もつられてほほえんだ。

「ああ、きのうのクマバチさんがきっとなにか楽しいことをいったのですね」

笑っている亀のおでこに、熊はじぶんのおでこをくっつけて、明日ひどく悲しむことのないようにと祈《いの》った。

亀は笑うのをやめてじっと熊の顔を見つめていた。

ハチを亀のかたわらにそっと置《お》くと、熊は亀に別《わか》れを告《つ》げた。

そしてレディベアをさがすために歩きはじめた。

木の下をくぐったとき、細い枝《えだ》のはしに黒い毛虫がふわりと下がり、風にゆられてハミングしているのに気づいた。

頭のうちどころが悪かった熊は、見えているものの全体をとらえることができない。

「ハチがいってた通りだ。まさに黒くて毛だらけだ」

毛虫を手のひらにのせた。

「きみこそレディベアだね」

毛虫は熊の手の上で小さなからだをくねらせると、

「熊さんのお仲間《なかま》をおさがしですか。それならたしかに黒くて毛ぶかいことでしょう」

頭かしっぽかはっきりはしないものの、毛虫はからだの先っぽをりんと立てた。

「ただ熊さんのお仲間というならば、あたしより少しは大きなからだをしているような気がしますの。それに、足はあなたと同じ数しかないと思いますわ」

「ああ、そういえばそんな気がしてきました。いやいや、早とちりをしてすいません」

熊はあわてて毛虫を元いた場所にもどしてやった。毛虫は細い枝のはしで、またふわふわと風にふかれてハミングをはじめた。

この毛虫はなんとささやかに、しかしほこりをもって生きていることだろう。熊は毛虫のことをとても素敵《すてき》だと感じた。できることならここで毛虫といっしょに暮《く》らしてみたいものだとさえ思った。しかし、今はレディベアをさがさなければならない。

毛虫のそばから熊はそっと離れた。

一軒《けん》の家の前を通りかかったときのこと。窓《まど》からへやの中のようすが見えた。

「あっ、いたいた。毛虫さんのいってた通りだ。とうとう見つけたぞ」

熊は、ゆりいすを見て喜《よろこ》んだ。家の人はたったいま今出かけたところらしく、ゆりいすはだんろの前で、ふさふさした黒の織物《おりもの》をのせてまだわずかに動いていた。

熊は窓からしのびこんだ。

「あったかくて、毛だらけで、しかも足はぼくと同じ四本だ」

熊はゆりいすの上にのり、鼻をくんと鳴らした。

「きみをさがしていたんだよ」

いすは熊をしっかりとかかえ、心地《ここち》よいリズムで熊のからだをゆらゆらとゆすってやった。

しかし、そのいすは人間を長い年月だきかかえていたせいで、人間の思いがしみこんでいた。だから相手が熊と気づくなり、ぶるぶるとふるえだした。

ふるえはだんだん大きくなり、がたがたとはげしくゆれたかと思うと、とうとう熊をふりおとしてしまった。

「ほうりださなくたっていいじゃないか」

でもいすはもうふるえもせず、ただしんとしていた。ゆりいすは怖《こわ》さのあまり気絶《きぜつ》してしまったのだ。いすは気絶してもしなくても見たところは変《か》わらないのでわかりづらいけれど、臆病《おくびょう》でよく気を失《うしな》うのだった。

一方の熊は投げ出されたはずみに頭をうった。しかし今度はうちどころがよかった。熊にはじぶんの頭がはっきりしてくるのがわかるのだった。

「たしかにあったかで毛だらけで足は四本だけど、きみはレディベアじゃない。レディベアはこんな怖がりじゃなかったもの」

熊は立ち上がり、ゆりいすをきちんと直すとその家を出た。ほんの一瞬《いっしゅん》のあいだだったけれど、ゆりいすがくれた安らぎは熊の心をなぐさめた。あのいすにずっとすわっていたいとも思った。

でもその思いをふり切るように熊は走りだした。レディベアに会いたい一心だった。そしてなぜかもうすぐ会える予感がしていた。

しばらく行ったところで、うしろからパァーンとだれかに頭をはたかれた。

熊はうずくまり、頭をおさえてふり向いた。

そこには大きくてまっ黒で毛むくじゃらな熊の婦人が立っていた。

「あんた、いったいどこに行ってたのさ」

いかにも強そうな熊を見たとたん、なにもかも思い出した。彼女こそが熊の奥《おく》さん、さがしていたレディベアだったのだ。この奥さんにぶたれたときに頭のうちどころを悪くしたのだった。

レディベアは太い腕《うで》をのばして熊をひょいとひきよせた。

「あたしがどんなに心配したか、わからないの」

そういうと、涙《なみだ》をぽろぽろこぼした。暑苦しくて乱暴《らんぼう》で毛むくじゃらではあるけれど、かわいいところもあるのだ。

レディベアの腕の中で熊はすまなく思った。

「こんなにかわいいきみを思い出せなかったなんて、ぼくはよほど頭のうちどころを悪くしていたんだな」

その言葉に感激《かんげき》して、レディベアは大きな声でほえたてた。

「もう、ぜったいにはなさないっ」

ぎゅうとだきしめられた熊は少し気がとおくなりかけた。昔のことなどが走《そう》馬《ま》灯《とう》のように浮《う》かんできた。

「そういえば、きみをお嫁《よめ》にもらったときも、どこか頭のうちどころを悪くしたかと友だちの月《つき》の輪《わ》熊にいわれたっけ。あれはどういう意味だったろう」

「そんなこと、どうだっていいじゃない」

レディベアはますます力をこめて愛《あい》する熊をだきしめた。熊はしあわせに頭がくらくらしてきて、やがてうっとりと目をとじたのだった。

いただきます

トラがないた。

ガオッと鳴かずに、メソメソ泣《な》いた。

「どうして泣いてるの?」

通りかかった旅人がたずねた。

「じつはわたしはさっきキツネを食べたんです。あのキツネ、もっとみんなと遊んだり、もっとみんなをだましたりしたかったろうなあ。そう思ったら、なんだかすっかり自分がいやになってしまったのです」

トラはそういうと、しっぽで鼻をボオオンとかんだ。

「さっきから、わたしの腹《はら》の中でキツネの泣く声がするんです。きっと、食べられたのが悲しいにちがいありません。おねがいです、ちょっときいてみてくれませんか」

旅人はこころよくうなずくと、トラの腹に口をあてて、よびかけた。

「もしもし、トラに食べられたキツネ、食べられたのが悲しいのかい？」

トラの腹に、泣いているキツネの姿《すがた》がぽおっとうかんだ。

だがキツネは、とがった口をますますとがらせ、きっぱりいった。

「おいら、食われたおかげで、コソコソしたキツネから強いトラになれるんだぜ。悲しいことなどあるもんかい」

「それなら、どうして泣いてるの？」

旅人は、ふしぎに思ってそうたずねた。

「おいらキツネだったころ、ニワトリを食ったんだ。逃《に》げようとして舞《ま》い上《あ》が

ったニワトリは、フライドチキンっていったっけな、そりゃあ軽くていい味なんだぜ。でも、ニワトリにしたら、さぞこわかったろうな」

キツネはそういって金色の目から銀色の涙《なみだ》を、キロン、キロンとおとした。

「おいらの中で、ニワトリの泣く声がしてるんだ。きっと食われちまったのが悲しいんだ。おまえ、きいてみてくれないか？」

旅人は、キツネの腹によびかけた。

「もしもし、トラに食べられたキツネの、そのキツネに食べられたニワトリ、なぜ泣いてるの？」

キツネの中のニワトリがこたえた。

「ぼく、トカゲをつかまえたんだよ。トカゲ、しっぽを切って逃げようとしたさ。でもぼくは、だまされなかった。しっぽになんか見向きもせずに食べたんだよ。ぼくって、むごいニワトリだよ。そこまでして生きようとしていたトカゲ、かわいそうだよ」

ニワトリは下のまぶたをパチリととじ、小さい涙をポチリとおとした。

「ぼくの中で、トカゲの泣く声がしてるんだよ。きっと、食べられたのが悲しいんだ。きみ、おねがいだ。きいてみてくれないか」

旅人は、ニワトリの腹によびかけた。

「もしもし、トラに食べられたキツネの、そのキツネに食べられたニワトリの、そのニワトリに食べられたトカゲ、食べられたのが悲しいのかい？」

ニワトリの中のトカゲがこたえた。

「いいえ、あたし平気よ。ニワトリはあたしを食べたけど、切ったしっぽは食べちゃいないわ。しっぽが守れてほんとによかった。いまごろは、残《のこ》ったしっぽから新しいあたしが生えてるころだと思うのよ」

トカゲは目玉を舌《した》でチロチロとなめ、涙をかくそうとしたので、負《ま》け惜《お》しみをいっているのが旅人にはすぐにわかった。

「かわいそうなのは、あたしが食べたクモのことよ。そのクモ、花やら木やら、森じゅうをレースの糸で編《あ》みこみたいって、夢《ゆめ》見ていたかもしれないわよね。いいえ、クモなら絶対《ぜったい》そうねがうものよ。あたしったら、クモだけ食べたらよかったものを、クモの夢まで食べてしまったの。欲深《よくふか》なトカゲだったの」

トカゲは悲しみのあまりか、かたまったように動かなくなった。

旅人は、トカゲをなぐさめようとした。

「でも、夢もくるめていのちなんだから、いっしょに食べちゃったのはしかたがないんじゃないのかな……わかったよ。クモが泣いているんだろ。なぜ泣いてるのか、きいてやるよ」

旅人は、早口でよびかけた。

「もしもし、トラに食べられたキツネの、そのキツネに食べられたニワトリの、そのニワトリに食べられたトカゲの、そのトカゲに食べられたクモ、食べられたのが悲しいのかい？」

クモは、涙を糸でからげては、ダンゴのかたちに丸めていた。

「あたしゃこう見えても、さっぱりした性格《せいかく》でね。この巣《す》みたいにからまったり、ねばついたりは大っきらいさ。食べられたことぐらいで泣くもんかね」

「それなら、いったいなにが悲しいの？」

「あたしゃね、かわいいチョウもきれいなトンボも、すまないねえってあやまりながらいただいたよ。だけどハエの時はどうだい、なにもいわずにペロリだったね。ひどいことをしたもんだよ。愛《あい》されてたって、きらわれてたって、いのちにかわりはないのにねえ」

クモはそういうとまたひとつ、涙のダンゴを巣にかけた。

「ハエの泣く声がきこえるんだよ。なんで泣くのかあんたきいてみておくれ。あたしゃ、あやまりたいんだよ」

それからクモは小声でつけ加《くわ》えた。

「ハエはおいしくないからね、あんた食べる時はトンボにおし」

旅人はリズムをとってよびかけた。

「もしもし、トラに食べられたキツネの、そのキツネに食べられたニワトリの、そのニワトリに食べられたトカゲの、そのトカゲに食べられたクモの、そのクモに食べられたハエ、なぜ泣くんだい？」

クモの腹の中のハエは、目をこらさないとほとんどゴミにしか見えなかった。

「おお、きいてくれるか旅の者。虫のなかの王者、動く宝石《ほうせき》、ほこりたかき金バエであるわしは、つくづく自分がなさけない」

「なぜだい？」

「その昔、何もかもうまくいかず、身ごもった自分の妻《つま》に食べさせるものもないというどん底《ぞこ》の時代のこと。わしの前に、ふかでをおったトラがあらわれたのじゃ」

「トラが？」

「けものの王であるこのからだを、虫の王であるあなたに捧《ささ》げよう……なんとトラはそういいおいて、わしの前で息たえたのじゃ。おかげでわしらは救《すく》われ、妻はりっぱにこどもを育てることができた。おおそうじゃ、わしのこどもたちの天性《てんせい》の品のよさ、その姿《すがた》のまれに見る愛《あい》らしさは、そなたも知っておったかの？」

「ああ、もちろん……」

旅人は、ハエのこども、つまりウジ虫たちの姿については、あまり考えないようにした。

「ところがこのわしときたら、そんな気高い心をもつトラに礼もいわず、こうしてクモになろうとしておる。なんと恩知《おんし》らずなことか」

ハエはつらそうに、両の小さな前あしで、頭をかきむしった。

「そこでそなたに、おねがいじゃ。気高いトラのお仲間《なかま》に、もしどこかで会ったなら、かわりに礼をいってくれないものだろうか」

旅人はうれしそうにうなずくと、大きく息をすってよびかけた。

「トラに食べられたキツネの、そのキツネに食べられたニワトリの、そのニワトリに食べられたトカゲの、そのトカゲに食べられたクモの、そのクモに食べられたハエの、そのハエが用のあるトラ、トラ」

「はい」

トラが、すこし不安《ふあん》げに返事をした。

旅人は目に力をいれて、トラのひとみの奥《おく》をのぞきこんだ。

「ハエが、トラに、いいたいんだって」

トラはギョッとして、黄色いしましまを青くさせた。

「……よくしてくれて、ありがとうって」

トラは、ほうっと、長い息をはいた。

それでトラも、トラの中のキツネも、キツネの中のニワトリも、ニワトリの中のトカゲも、トカゲの中のクモも、クモの中のハエも、安心したのが、旅人にもよくわかった。

「ぐるぐるまわりだったんだね」

旅人は、自分の中で何か声がしないかと、両手で耳をふさいでみた。ワアーンッと音がして、つづいて、ドッ、ドッ、血のながれる音がきこえてきた。

「ぼくの中でも、みんながドッ、ドッ、歩いているぞ」

旅人はカバンの中から、パンを取りだしてながめた。そして、パンになった麦のこと、卵《たまご》のことを考えた。

「卵、ひよこにならずにぼくになるんだろうなあ。麦、風にふかれる夢、ぼくの中で見るんだろうなあ」

旅人は、パンをていねいに半分こにして、トラにわたした。トラはモップみたいな大きな手で、パンを大事そうにはさんだ。麦と卵と、すべてのものに思いをこめて、ふたりでいった。

「いただきます」

旅人はゆっくりと食べ、トラはひと口で食べた。

食べおえると、旅人は立ちあがってトラに手をさしだした。

「トラよ、またきっとどこかで会えるだろう」

トラも大きくうなずいて、旅人の手をしっかりにぎった。

そして、旅人をじっと見つめていった。

「旅の人よ、ありがとう……」

トラの目には涙があふれ、そして口にはヨダレがあふれていた。

「でも、トラのわたしには、パンではものたりないんです」

トラは、握手《あくしゅ》した手に力をこめた。

森にたそがれがせまっている。

もうすぐ夕食の時間だった。

ヘビの恩返し

ヘビの父さんとヘビの子どもは、一本の木に巻《ま》きついていた。

「いいかい、ぼうや。よくおきき」

父さんヘビは子ヘビに教えなければならないことがいろいろあった。

「われわれヘビには頭と胸《むね》と尻《しり》のさかいが、ない。だから、うっかりしていると頭にあるはずの脳《のう》みそが胸のあたりにまでずり下がってしまうことがよくある。木にのぼるときには、まずそれに気をつけなけりゃいけないのだよ」

子ヘビはだまってうなずいた。

「そんなふうに危険《きけん》をおかしてのぼるんだ。木をえらぶには注意が必要《ひつよう》だ。おまえに教えなきゃいけないのは、この木になる実のことさ」

父さんヘビはさらに上へとのぼっていく。

むらさき色の実がついているところで子ヘビの方をふりむいた。

「この実はカコの実といってな、ぼうや。毒《どく》の実なんだ。この実を食べると一生、過去《かこ》のことしか考えられなくなるんだよ」

カコの実の下で、ヘビの父さんはふるえる。

「考えてもごらん、ぼうや。過去しか考えられないなんて、恐《おそ》ろしいことじゃないか。だからこの実だけは間違《まちが》っても口にするんじゃないぞ」

「わかったよ、父さん。絶対《ぜったい》に食べたりしないよ」

「そうだ。絶対に食べるんじゃない」

そういった次の瞬間《しゅんかん》、父さんヘビはパクリとその実を食べてしまった。

どうやらヘビの父さんは長いこと頭を上にしすぎたせいで、脳みそが胸のあ

future
now
past

たりにずれ落ちてしまったようだ。おかげで一時的《いちじてき》に頭がからっぽになってしまい、やってよいことと悪いことの区別《くべつ》がつかなくなってしまったのだ。

「ああ、ぼうやよ。過《す》ぎ去《さ》った過去こそが美しいのだ」

そういってぷらんぷらんとだらしなくぶらさがり、やがてずるずると下にすべりおりていった。木の根もとで父さんの声がきこえる。

「過去だけが確《たし》かなもの。ああ過去こそがすばらしい」

ヘビの子はあわてて後を追った。

「父さん教えてよ。どうやったらぼくの口より大きな卵《たまご》をのみこめるのか、ねえ、教えてよ」

父さんは、それにはもうこたえようとしない。

過去のことしか考えられなくなってしまった父さんは、ぼうやのぬぎ捨《す》てた皮に心をうばわれていたからだ。

「この皮は、ぼうやがうまれて初《はじ》めて脱いだもの」

ヘビの子は大きくなるたびに脱皮するのでぬけがらがいくつもあった。一番小さなものを、父さんヘビは目を細めてながめる。

「この皮は、ぼうやがやっとはいはいをしたころのもの」

腹《はら》の側《がわ》がうすくすり切れた皮にほおずりした。

「この皮は、ようやく上手にとぐろを巻けたころのもの」

くるりと巻かれたぬけがらにそっとキスをした。

「ああ、このころはおまえをちゃんとかまってやれなかったな。ごめんよぼうや。なんてひどい父親だったんだろう。でもあの日のぼうやはもうこたえてはくれない」

父さんヘビは、取りかえせない過去を思ってさめざめと涙《なみだ》を流した。

ヘビの子はうんざりしていった。

「父さんってば、ぼくのぬけがらなんてはずかしいよ。そんなもの、さっさと捨ててほしいんだ」

「ばちあたりなことをいうもんじゃない。これまでのおまえの成長《せいちょう》の記録《きろく》ってやつなんだよ。捨てられるもんか」

「よく見てよ、父さん。ただのからっぽな皮なんだよ。なんの価値《かち》もないよ」

「ただのからっぽであるもんか。この中にはこの世に生まれたおまえの喜《よろこ》びってものがつまっているのさ。父さんにはそれが見える」

「それより父さん、今、教えてほしいことがあるんだよ」

「今はいそがしいんだ。あとで手があいたら教えてやるよ」

手があいたら……なんてことがウソだってことはわかっていた。ヘビの父さんにはその手ってものが初めからないのだから。

「父さんには、もうお手あげさ」とヘビの子はいった。もちろんいってみただけのことだ。

ヘビの子がからだの丈《たけ》ほどの長いため息をついているとき、ヘビの母さんが帰ってきた。さっそく母さんにうったえた。

「ねえ、母さん、大変《たいへん》だよ。父さんはカコの実をのみこんじまって、過去のことしか考えられなくなっちゃったんだ。なんとかしてやってよ」

母さんヘビはいった。

「ぼうや、そんな過去のことなんてどうでもいいじゃないの。それよりも大事なのは未来《みらい》のことよ。おまえたち子どもは未来にこそ目を向けなきゃいけないのよ」

ヘビの子はうんざりしてつぶやいた。

「カコの実とおなじように、ミライの芽《め》にも気をつけろっていわれたことがあったっけ。ああ、母さんはきっとそれを食べてしまったにちがいないや」

おなかがきゅうと鳴った。

「ねえ母さん、ぼくはここにある卵を食べたいんだ。でもどうやってのみこんだらいいのかわからないんだよ」

「わたしのかわいいぼうやよ、よくおきき。その卵はいずれヒナにかえる。するとそのヒナが卵をうむ。その卵はまたヒナになって卵をうむ。そうやってたったひとつの卵がやがて百億もの卵になっていくのよ。ここで食べてしまったらおまえは百億の卵をむざむざ失《うしな》うことになってしまうのがわからないのかい」

ヘビの母さんは百億の卵を想像《そうぞう》してか、ちょろちょろと舌《した》なめずりをした。

「だけど母さん、ぼくは今おなかがすいているんだよ」

「目の前にある今のことしか考えられないなんて、そんな子におまえを育てたおぼえはないわ」

そういって母さんヘビは、はるか遠くをながめやった。

その目の焦点《しょうてん》はてんで合っていなかった。

「ぼうや。過去にもどることはできないのよ。けれど、未来に向かっていくことはできるの。未来ってなんて素敵《すてき》なんでしょう。そんなわけで母さんはもう行くわ」

「どこへ行くの」

「……明日へ」

母さんヘビは自分の言葉に酔《よ》いしれて、砂地《すなち》をふらふらと蛇行《だこう》しながら行ってしまった。

「父さんといい、母さんといい、なんてひどい親たちだ」

ヘビの子はその場でくねくねとひねくれた。

「もうぼくは、ぐれてやるぞ」

ヘビの子は父さんの前に行き、かま首をもたげてみせた。

「過去のぼくも未来のぼくも本当のぼくじゃない。今のぼくだけが本当のぼくっていえるのさ。今のぼくをきちんと見ろよ。親だったら正面きって向き合えよ」

ぬけがらの手入れに夢中《むちゅう》だった父さんは、知らない子を見る目で子ヘビを見つめた。それからまるで気のない大きなあくびをした。

ヘビの子はおこった。

「こんな皮があるからいけないんだ」

ヘビの子はほしてある皮をはじからひきずりおろして、ひきさいた。

「なんてひどいことをするんだ、この子は。もうただじゃおかないぞ」

はげしい親子げんかが始まった。

しかし子ヘビは長さこそ父親と同じになってはいたものの、まだ細々《ほそぼそ》としていたのでとてもかなうものじゃない。格闘《かくとう》の末《すえ》、父さんヘビに頭からすっぽりとのみこまれてしまった。

のみこんでしまってから、父さんヘビは後悔《こうかい》した。

過去しか考えられないので時間がたつにつれ、悔《く》いる気持ちは大きくなった。

ヘビは悲しさにのたうちまわっていた。

そこへ通りかかったのが、トラだった。

ヘビはぞっとした。

しかし、トラはもっとぞっとした。

トラは旅人を食べそこねて、おなかがペコペコだったけれど、ヘビだけは苦手だった。食わずぎらいというやつだ。

一方のヘビはほっとした。トラが自分を食べる気がなさそうだとわかると安心してまた存分《ぞんぶん》になげき悲しみはじめた。

それを見たトラはほうっておけなくなってしまった。

ヘビからいきさつをきき、なんとかしてやれないかと腕組《うでぐ》みをしたときだ。トラのひとみがみるみる大きくなった。父さんヘビの口の中から子ヘビのしっぽがはみ出してゆらゆらとゆれているのに気づいたのだ。

ちょろりと出てゆらゆらしているものを目の前にしては、どうしたってじっとしてはいられなくなるのがトラだった。とびついてじゃれつくと、われを忘《わす》れてひっぱった。するとわけなく子ヘビが出てきた。とても長かったけれど夢《む》中《ちゅう》になってひっぱった。すこし長すぎるような気がしたけれど、興奮《こうふん》しながらするするするするひっぱった。

ひっぱりおえたところで、トラはわれにかえっておどろいた。子ヘビだけをひっぱっているつもりが、いつのまにか父さんヘビまでひっぱっていたのがわかったのだ。

子ヘビはのみこまれたとき、おなかの中で父さんのしっぽにかみついていた。そこをひっぱられたので父さんヘビは裏返《うらがえ》しになってしまっていたというわけだ。

トラはまた腕組みをして、裏返しの父さんヘビをながめた。

「さて、このしまつをどうつけよう」

こまってながめているうちに、父さんヘビにくっついているカコの実が目についた。

カコの実はヘビのおなかのまん中にへばりつき、もうすこしで根をはやそうとしているところだった。

「こいつがいけなかったんだな」トラは大きな手でつまみ取った。

そのとき、父さんヘビの中でなにかが動いた。

よく見ると、ヘビの子が父さんの口からまたもぐりこんでいたのだ。

子ヘビがしっぽまでたどりついたと見えたとき、こもった声がきこえてきた。

「ねえトラ、もう一度、ぼくのしっぽをひっぱってよ」

トラはあわててさっきとおなじようにひっぱった。うっかりじゃれてかみちぎったりしないよう、慎重にひっぱった。すると、父さんヘビは見事おもてに返っていった。

すっかり元にもどった父さんヘビが子ヘビにいった。

「おまえにはつらい思いをさせた。ゆるしておくれ」

「父さん、いいんだ。もう過去のことだもの」子ヘビはにっこりほほえんだ。

「それよりぼくの口より大きい卵をどうやってのんだらいいのか、教えてよ」

「そんなことはわけもないよ、ぼうや。その卵より大きな口を開けばいいのさ」

父さんはあごの骨《ほね》をかくんとはずしてみせた。すると、簡単《かんたん》に卵よりも大きな口が開いたのだ。

「なんだ。そんな単純《たんじゅん》なことだったんだね」

「なやみごとは単純にするんだ、ぼうや。おまえにはまだまだ教えなきゃいけないことが山ほどあるな。はっはっは」

それから、父さんヘビはトラの方に向き直った。

「ありがとう。あなたのおかげです。これから妻《つま》を追いかけてミライの芽をつみ取ってやるつもりです」

「未来の芽をつみ取るのですか?」

「そうです。ミライの芽など、キレイさっぱりつみ取ってやるのです。そうしたらまた、日々のくらしを大事にするりっぱな妻にもどるでしょう」

トラにはそれがいいことなのかどうかわからなかったけれど、深く考えるのは得意《とくい》ではない。ただわかったような顔でうなずくだけにした。

「りっぱな妻にもどったら、みんなであなたのところへきっと恩返《おんがえ》しにまいります」

「気にしないでください。恩返しも裏返しも、もうたくさんです」

トラは早々に立ち去り、ヘビの父子はなかよく、母さんさがしの旅に出かけていった。

ないものねだりのカラス

カラスは古い枯《か》れ木《き》にとまって、向かいの大きな木をながめていた。

その高い枝《えだ》のあいだに、きれいなシラサギがとまっているのだ。

ああ、なんてきれいなんだろうと、カラスはため息をついた。あのシラサギと友だちになれたらどんなにうれしいだろう。

そんなカラスの思いを知っているかのように、いつ見てもシラサギはそこにいた。

風がふいても雨がふっても、ひどいあらしがふり落とそうと枝をしならせても、シラサギは決してそこを離れなかった。

そんなカラスのそばにスズメがチョンと飛《と》んできた。

「ねえカラス、ずっとここにいるけど、いったいなにを見ているの？」

「あの木にとまっているサギを見ているのさ」

「サギ？　いったい、どこに？」

「ほら、あそこだってば」カラスはみんなにきらわれていた。そのせいか、ついひねくれたいいかたしかできない。「どろ色のきみたちとは大違《おおちが》いの、かがやくような白い羽をたたんでとまっているのが見えないのかい」

スズメは首を大きくかしげ、そのひょうしに茶色のぼうしがちょっとずれた。

「見えないよ。白い鳥なんてどこにもいないじゃないか」

「もういいさ。じゃまになるからさっさとどっかへ行ってくれよ」

スズメは茶色のほっぺをふくらませた。

「そんならずっと、ひとりぼっちでいるといいさ」

チッチッと舌《した》うちしながらスズメは行ってしまった。

午後もおそくなってくると、ばさばさと大きな音がして、フクロウがやってきた。

「ホウ、カラス。あんたはここでなにを見てんのさ？」

「あそこの木にとまっているシラサギを見ているのだけれど、ほっといてほしいんだ」

フクロウは首をぐるりとまわして、大木を見あげた。それからまたぐるりと首をもとにもどした。

「ホウ。どこにシラサギがいるっていうのよ」

「どこって、ほら、あそこの高い枝のあいだにとまっているでしょ。短い首のあんたがうらやむような長く美しい首をしゃんとのばしているのが見えないんですか」

「ホウホウ、ばかだね、おまえは。あれはシラサギなんかじゃないよ」

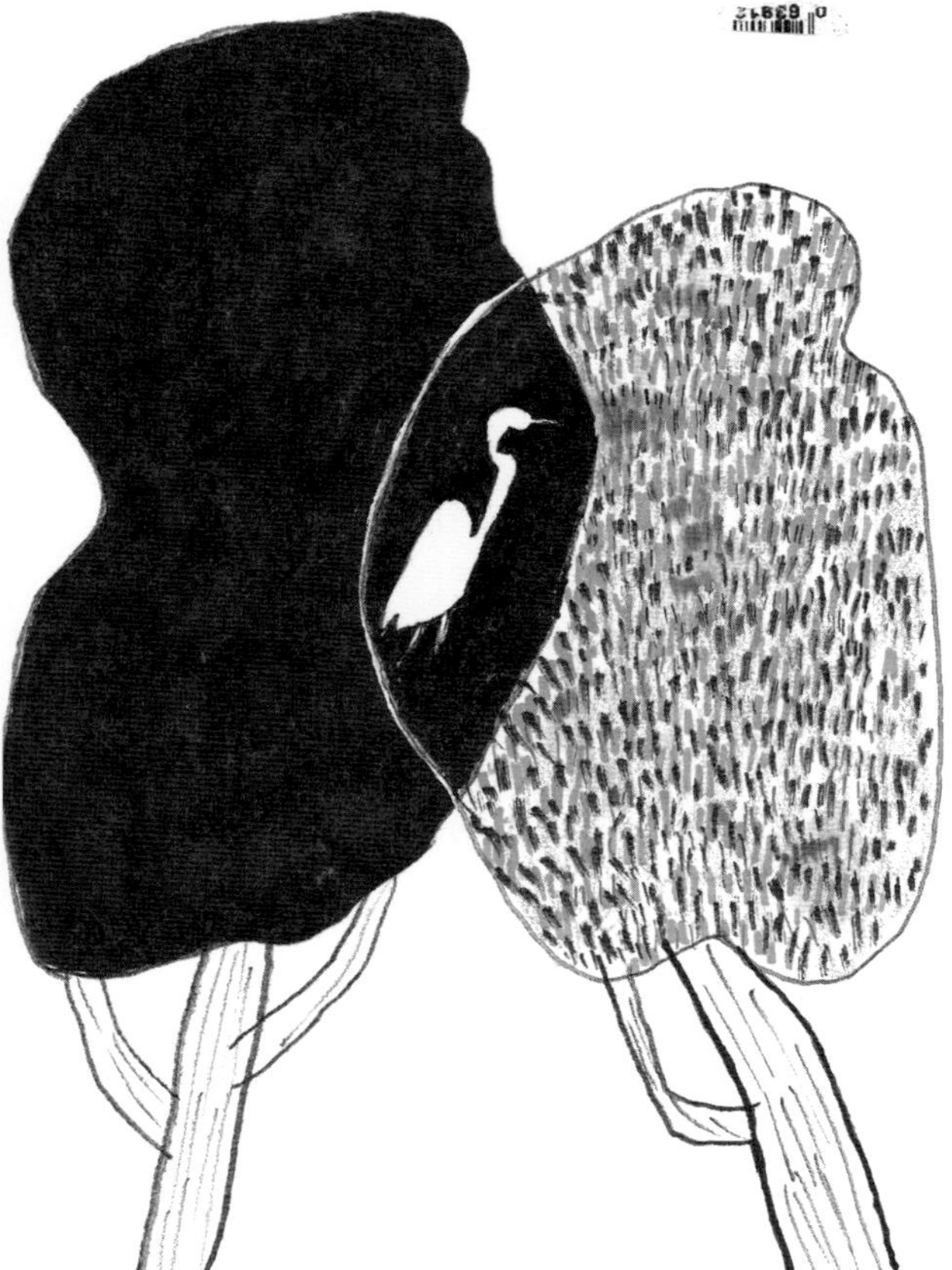

フクロウは、片《かた》っぽずつのまばたきをした。

「すきまだよ。木の枝にぽっかりあいた、ただのすきまさ。あそこだけ葉っぱがないからくもった空がのぞいてるんだ。ホウ。なるほどたしかにいわれてみれば、シラサギの形に見えはするがね」

「うそだ、すきまだなんて。そんなのうそに決まってる」

「ホウホウ。うそだと思うなら、見ていてごらんよ。日が落ちて空の色が変《か》わっていけば、白くなくなるさ。なんてったってただのすきまなんだから。からっぽっぽのすきまなんだからね」

そういったあとで首を後ろにまわしてつぶやいた。

「まったく夜目がきかないってのはなさけないよ」

カラスはそれをききとがめた。

「夜目がきかなくたっていいんだ。コウモリやフクロウみたいないやらしい連《れん》中《ちゅう》が飛びまわる夜になんて、きれいな星のほかは、見たいものはありゃしないんだ」

フクロウはまがったくちばしをカチカチいわせた。

「カラスってやつはあわれな鳥だね。ごみをあさるほど不潔《ふけつ》なくせに、光るものやきれいなものが好《す》きときてる」

フクロウのいう通り、カラスたちは美しいものが好きだった。とりわけ星にはあこがれていて、星を取りにいくカラスはあとをたたない。

「だけど、連中が夜空からもどってくることはなかったね。天のはてで力尽《ちからつ》き、どこかへ落ちていくのだろうさ」

カラスはいい返した。

「あんたはホシガラスを知らないんだ。星を取ってもどってくるカラスがいるのを知らないんだ。星のもようを全身にちりばめて天からもどったカラスは、山の高みで生きることができるのさ」

フクロウは平たい顔をカラスのま正面に向けた。

「ふん。とにかくシラサギと友だちになりたいなんて、思いあがらない方が身のためだよ」

ホッホッホッと笑《わら》いながら、フクロウは行ってしまった。

カラスはフクロウのいうことを信《しん》じなかった。そこにシラサギがいないなんてデタラメだ。

カラスは日が落ちても朝になっても昼になっても、ずっと向かいの木を見つめつづけた。

そして、自分が間違っていたことに気づいた。

シラサギは白い鳥。夜明けのブルーになるはずがない。ましてや、からだの中に月がおりてきたり、太陽が通ったりするはずがなかった。

そこにはシラサギなんていない。枝のすきまがつくる空でしかないことをカラスは思いしらされた。

でも、今さらそこを動く気にはなれなかった。

それがただのすきまでも、シラサギの美しい形をしていることに変わりはない。

なにもないからっぽな場所だから、カラスの好きに思いえがけた。

カラスは夢見《ゆめみ》た。そこにシラサギがいることを。そのシラサギと友だちになることを。

そうして何日かが過《す》ぎたある朝のこと、なにかがいつもと違っていることをカラスは感じた。

空が一面、朝やけで赤くそまっているというのに、枝のあいだの空は赤くなかった。雲よりも雪よりも美しい白い色をしているのだ。

いったいどうしたのだろうと目をこらしているうちに、その白いすきまが首をのばして羽ばたいた。

カラスはくちばしをぽかんとあけた。そして、つぶやいた。

「ほんものだ」

間違いない。本物のシラサギがきたのだ。どこからかやってきたシラサギは、パズルの欠《か》けていたピースのように、枝のつくる空間に奇跡《きせき》みたいにぴたりとおさまっていたのだ。

カラスはうれしさに、思わず「カァ」と声をあげた。

するとシラサギはカラスに気づいた。

そして、カラスのとまっている枯れ木まで飛んできた。

今度こそ、本物のシラサギだ。夢がかなうかもしれない。友だちになろうよ、そういえるチャンスだった。

シラサギは少し上の枝にとまり、首をまげてカラスに笑いかけた。

あ、あの首を見て。なんてやさしくまがるんだろう、とカラスは息をのんだ。

のんだ息はカラスの胸《むね》の中で言葉にされた。

そして、くちばしから外にあふれでた。

「フンだ。首まがり鳥のへそまがり鳥」

なんてことだろう。大きなくちばしから出たのは、悪口だった。うまれてからというもの、カラスはひねくれた言葉しかいったことがないのだった。

カラスは空をあおいだ。自分のすった息は胸の中でうずまき、黒くそまり、悪い言葉に変わってしまう。

友だちになろうよ……その美しい言葉はいったいどうやったら話せるのだろう。

そうだ。もっときれいな空気をすえば、きれいな言葉になるかもしれない。

カラスは飛び立《た》った。

「すみきった空気をすうんだ。とびきり高い空の、空の上ずみを」

きれいな空はきっときれいな言葉となって、くちばしから出てくれるのにちがいない。カラスは、せいいっぱいの高みまで飛んでいった。

はるか下に川が光り、森がかすんでいた。すぐわきには山の雲がうかんでいるほどの高さだった。

そこでふかく息をすいこんだ。

そして、そのままっすぐおりて行った。息がつまった。苦しかった。やっとの思いでシラサギの近くの枝におり立って、口をひらいた。

しかし、きれいな空は言葉にならず、ひいーっとひと息、悲鳴となってカラスの口からもれてきたのだ。

むりもない。長く息をとめすぎていたせいだ。

カラスの目にじんと涙《なみだ》がにじんだ。

それが苦しさのせいか、はずかしさのせいか、カラスにもわからない。カラスはシラサギの前から逃《に》げるように飛び立った。

その夜、カラスはひとりで空を舞っていた。

夜の闇《やみ》はカラスのからだをますます黒くそめあげる。もう目も羽もくちばしも、胸のずっと奥《おく》の場所まで、しんそこ暗い色になっていた。

「やっぱりフクロウのいう通りだ。おれなんて、シラサギと友だちになろうなんて考えちゃいけないんだ」

夜空には星が光っていた。

「いっそ、あの星のところまで飛んでいってしまおうかな」

そうだ。だれからも好かれずに生きるのはもううんざりだ。たとえ美しいホシガラスになれずに落ちたとしても、せめてたましいが星となってかがやけば、それがしあわせというものじゃないだろうか。

カラスは、飛び立とうと決心した。そして天をめざして羽をひろげた。

ちょうどそのとき、東の空が明るくなった。カラスの羽が虹色《にじいろ》にかがやいた。

にぎやかな声が、カラスの耳にとびこんできた。

それは朝の小鳥たちのさえずりだった。チュイ、チュイ、ピュゥイ、ピュルルル。

「ああ、なんて楽しげなんだろう」

世の中には喜《よろこ》びがあふれている、そう信《しん》じたくなる声だった。

カラスの心に、希望《きぼう》がよみがえってきた。

あのさえずりをすいこめば、明るい言葉となってくちばしからあふれるかもしれない。

カラスは、小鳥たちのそばに近づいた。

そしてそのさえずりを、胸いっぱいにすいこんだ。

言葉たちは胸の中ではじけておどった。あまりに軽やかにはずむものだから、下におりるのに苦労《くろう》するほどだった。

カラスはうきたつ言葉をなだめすかし、喜びいさんで、サギのもとへとおり立った。

シラサギはカラスのくるのを待ってでもいたように、細い首をかたむけた。

カラスの口から、いっきに言葉があふれ出た。

「きいてきいてカッコウのおくさんたらヨシキリのおくさんにたまごをあずけたままもどってこないんだってそれでムクドリのおじょうさんがおこってはねをつついたら……」

カラスは途中《とちゅう》で自分のくちばしを、むりやり羽の中につっこんだ。ただのにぎやかなだけのおしゃべりは、心からの言葉とは違う。

カラスはまた、サギのもとを飛び立った。

これじゃ、きらわれるばっかりだ。スズメのいう通り、ひとりぼっちでいればよかった。フクロウのいう通り、すきまにあこがれているだけでよかったんだ。

カラスは、空についたよごれのように、ぽつんとうかんでいた。

このまま消えてしまいたかった。風の中にとけてしまえたらどんなにいいだろうとカラスは願《ねが》った。

カラスのくちばしからしっぽまで、とうめいな風がすうすうとぬけていった。

まるでくすんでいた気持ちまでも、洗《あら》い流されていくような風だった。心がどんどんすみきっていく気がした。

こんな気分、初《はじ》めてだ。

自分の気持ちのままにすなおな言葉がいえる、今度こそそう思えた。

カラスはきた空をもどって行った。

そして、心をまっすぐにして、シラサギの前におり立った。

初めて会ったときから、きみと友だちになりたかったんだ。そういうだけでいい。むずかしくはない、とても自然《しぜん》な言葉だった。

「は、はじ……」

カラスのくちばしがひらいた。

「は、はじ、はっくしょん」

とうめいなつめたい風は、おおきなくしゃみになってカラスの口からとび出したのだった。

今度こそ、もうだめだ。

カラスは、がっくりと首をうなだれた。シラサギが羽をゆっくりとひろげたのにも、気づかない。

シラサギの羽が、カラスをやさしくつつみこんだ。

びっくりして、目を見ひらくカラスにシラサギはいった。

「友だちのくしゃみをきいたら、こうするでしょう?」

なにもいわなくていいときもある。

温かく、やさしい羽につつまれて、カラスにもそれがやっとわかったのだ。


こうしてカラスはシラサギと夢のような日々を過《す》ごしていた。

そんなある日、カラスは向かいの大木に目がいった。そこに見なれない鳥がとまっているのに気づいたのだ。

カラスはシラサギにいった。

「あそこの枝にカワセミがとまっているよ」

「どこに？　見えないけれど」

「きみみたいなさびしげな白じゃない、ほら、はなやかな青い色があそこに見えないのかい。まるで宝石《ほうせき》のような色をしたカワセミさ」

「あら、あれは木のすきまよ。向こうの空がのぞいているのよ。ほんとにきれいな青い空。たしかにカワセミの羽の色ね」

シラサギのそんな言葉はカラスにはもうきこえない。あんな華《はな》やかな鳥と友だちになれたらどんなにかすばらしいだろうと、そればかりを夢中《むちゅう》で考えていたからだ。

べつのカラスが「アホー」とひと声大きく鳴いて、カワセミ色の空をのんびりと横ぎった。

池の中の王様

そのおたまじゃくしは、クエスチョンマークのかたちで卵《たまご》から飛《と》び出《だ》したものだから「ハテ？」と名づけられた。

なにしろ百匹《ぴき》もうまれる子どもたちだ。はじけるようにうまれたら「ポン」だし、苦労《くろう》をしてうまれたら「クロー」といった具合に、行き当たりばったりに名前は決められていった。

だいたいだれもかれも似《に》ているし、ごちゃまぜに泳いでいるので、どれが自分の頭なのかしっぽなのか、そのうちにはどれが自分の考えていることなのかわからなくなってしまうのがふつうなので、名前などどうでもいいようなものだった。

ところがハテだけは、

「なぜ、ぼくの名前がハテなの？」

と、いいだしたのが始まりで、

「なぜぼくたちはおたまじゃくしっていうの？　おたまじゃくしがそう決めたの？　なぜこれがしっぽなの？　ぼくはそう呼《よ》びたくないって、だれに断《こと》わればいいの？」

などと、つぎつぎに親に質問《しつもん》をあびせかけた。

でも百匹の兄弟だから、いつでもそのうちざっと三十匹は親に話しかけている。ハテの声は運がよければどちらかの親にとどいたけれど、それにしたって、「えっ？　ハテ、おまえ今なんかいったかい？」で片《かた》づけられてしまっていた。

そんな具合だったから、ハテの気持ちはいつも羽虫《はむし》のように宙《ちゅう》にういたままだった。

たいていのおたまじゃくしは早起きだ。

池の水が、空と折《お》り合《あ》いをつけながら明るくなっていく。

九十九匹のおたまじゃくしが、丸まっていた体をきゅるんとほどいて、朝の冷《つめ》たい水の中を機《き》嫌《げん》よく泳ぎはじめたころ、ハテだけはまだ池の底《そこ》にもぐっていた。

ハテは、丸い頭にまっ黒い夜をぎゅっとつめこんだまま、ぐっすりと眠《ねむ》っていた。

母さんが、ハテのお尻《しり》と頭と、つまりいっしょくたに丸くなっているところをぴしゃりとやった。

「ハテ、起きなさい」

「どうして起きなきゃいけないの」

「朝は起きるものと決まっているのよ」

「だれが決めたのさ。ぼくはきいてないし、きいたって賛成《さんせい》するかどうかまだ決めてないね」

母親はハテのしっぽをつかんで、水草のかげからひきずり出した。

「顔を洗《あら》って、きちんとしといで」

ハテは清水《しみず》の湧《わ》いているところへ、よたよたと泳いでいった。

兄弟たちは楽譜《がくふ》のようにきちんと並《なら》んで、おんなじリズムで顔をふりふり洗っていた。

「ねえ、どうせまた寝《ね》ることになるっていうのに、なぜ起きなくちゃいけないんだろう」

兄弟たちは、きちんとなるのに夢中《むちゅう》だった。

ハテはいきなり列にわりこむと、

「るるるるるるるる」と、むちゃくちゃに顔をふり洗いした。

z z z

おかげで頭はぶつかりあい、そのうち何匹かがのびて、あたりはビックリマークをちらかしたようになってしまった。

ハテは父さんにぶたれた。

「わかったかいハテ。顔を洗うときは並《なら》ぶんだ。世の中の決まりごとはきちんと守るんだ」

父さんは威厳《いげん》をもっていいきった。

「世の中の決まりごとをつくるとき、ぼくはうまれていなかったんだ。だから知らないよ」

ハテは予定よりもう一発、よけいにぶたれた。

父さんは岩にあがり腹《はら》をふくらませた。そのポーズが父親として、一番りっぱに見えるはずだった。

「ハテ、わたしを見なさい。父さんみたいなりっぱなカエルになりたくないの

か」

　ハテはいわれたとおりに父さんを見た。見たとたん、あんな姿《すがた》には絶対《ぜったい》ならないと自分に誓《ちか》った。

「父さん。ぼくに見えているものと父さんに見えているものと、違《ちが》っているような気がするよ」

「じゃあ、おまえのかわいい平たいしっぽが、おまえにはとがって見えるっていうのかい？」

「うん。そうかもしれない」

「おまえのしっぽは矢みたいで、どこにだってささりそうだって、そういうんだな」

「そうかもしれないよ。父さんの頭がりっぱな火山で、体がピンクの三日月で、足が千本もあるっていわれても、ウソなんて思わないよ。ぼくにはそう見えないだけなんだ」

「だれがピンクの三日月だって？」

「自分の目でしか見えないんだよ。なにがホントかなんて、だれにもわかりっこないじゃないか。でもわかっているのは、ぼくの世界ではぼくが王様ってこと。ほら、その証拠《しょうこ》に……」

ハテは目をぎゅっとつむった。

「ぼくが目をつむりさえすれば、世界はなくなる」

ハテは、父さんに背《せ》を向けて泳ぎはじめた。

「ぼくは出かけるよ」

自由なたましいに縄《なわ》がかけられないことを父さんは知っていた。それ以上《いじょう》ハテを追いかけようとはせず、無理《むり》やりさみしさをのみこんだ。そして、「ゲーロ」と大きなゲップをひとつして、小さく小さくしぼんでしまった。

ハテがまっすぐ泳いでいると、頭がツンとなにかに当たった。

平たい石だった。その石が、もうひとつの平たい石の上にのぼろうとしている。

ふしぎに思って見あげたハテの上に、いきなりゴンと一番上の石が落っこちてきた。ハテにぶつかったあとも、石はなにごともなかったように、またのぼろうとする。

石だと思えたものが石亀《いしがめ》だったことにハテはようやく気がついた。一番下になっているのだけがほんものの石のようだった。

ハテの頭にはコブができた。

とても大きなコブだったので、どうかすると頭なのかコブなのかわからなくなりそうだった。ハテはコブでないほうの頭で考えた……石とそっくりな生き物が見る世界は、ぼくとおなじ世界だろうか。

「亀、亀にはなにが見えるの？」

ハテの声は、石亀たちには聞こえないらしかった。なにもこたえず、あい変《か》わらず亀だか石だかの上にのぼろうとしていた。

ハテは亀に背を向けた。

「わかったよ。亀にぼくは見えていないんだ。亀の世界には、ぼくはいないんだ」

ハテはふり返って、つぶやいた。

「ぼくは行くよ。いないぼくが行こうがきえようが、亀たちには全然《ぜんぜん》、なんにも、これっぽっちも、変わらないことだろうけど……でも亀たち、元気でね」

いつしか夕暮《ゆうぐ》れがせまっていた。

夕日をうつす光のおびが、王様の歩くじゅうたんのように、池の上に道をつくった。その一本の道をたどって行けばなにかがあるような気がして、ハテは泳いだ。コブの痛《いた》みも忘《わす》れ、気持ちをふるいたたせて泳いだ。

ハテのつくるさざ波は、金の糸であんだマントのようにハテの体をふちどった。

日が山のかげにかくれた。

すると輝《かがや》く道はあっというまに消えうせて、あとにはただ暗い水面がひろがるばかりだった。

池をわたる風の音だけがきこえてきた。

ハテはうまれてはじめてさみしくなった。

おたまじゃくしは体も心もおなじ場所にあるから、いったんさみしくなるとどこもかしこもさみしさのかたまりになってしまう。ハテはずんずん重くなり、小さな鉄の玉のように沈《しず》んでしまった。

沈んで池の底《そこ》についたとき、上からじっと見おろす黒いかげに気がついた。

どうもうなミズカマキリがハテをねらってカマをふり上げていた。

ハテは逃《に》げようとした。でも、一瞬《いっしゅん》おそかった。ミズカマキリのカマがハテをしっかりとらえていた。

ああ、もうだめだ。

ぼくは自分の世界の王様だ。いのちの終わらせ方くらい自分で決めてみたかった。いっそあの空に身を投げて、死んでしまえばよかったのに。池の底から悲しい思いで青い空を見あげていた。

その時、なにかがドンと体当たりをしてきた。

ヤゴだった。ヤゴはミズカマキリからあっというまにハテを横どり、水草の林に逃げこんだ。

ミズカマキリのするどいツメが、水草を切りさきハテを探《さが》す。ヤゴはひそんでじっと動かず、おそろしい力でハテの口をおさえこんだ。

食われる相手をどちらにするのか、ハテはせめて決めたかった。

ミズカマキリかヤゴか、どちらに食われるのがしあわせなのだろうか……。

水底では息の続《つづ》かないミズカマキリが行ってしまうと、ヤゴは恐《おそ》ろしげなあごをガチガチ鳴らしてハテにすごんだ。

「おまえ、仲間《なかま》はどうした……ひとり、か？」

「ひとりぼっちさ。さみしいおたまじゃくしって、苦《にが》くておいしくないっていてきいたよ」

せいいっぱいまずそうな顔をしてみせた。

「ハ！　おれは苦いのが好物《こうぶつ》なんだ」

「そんなふうに怖《こわ》がらせるから、ぼくの体はもうコチコチで、きみの歯がたたないような気がするよ」

「そんなにおれが怖いか？　おまえ、今おれに食われるのと、永久《えいきゅう》におれの友だちでいるのと、どっちを選《えら》ぶ？」

ヤゴの不気味《ぶきみ》な下あごが、ニューとのびた。

ハテはすぐさま決めた。当然《とうぜん》、ヤゴの友だちでいるとその場で誓《ちか》ったのだ。

すると、ヤゴは冷《つめ》たい湧《わ》き水《みず》のところへハテをひっぱって行った。

「おまえを友だちにするとしても、そのコブまでは、とても友だちにする気にはなれん」

そしておこったような顔をしながら、コブを冷《ひ》やしてていねいに手当てをした。ハテが痛さにピクリとすると、ヤゴが二倍もビクリとふるえる。

ハテはヤゴの恐ろしい顔にかくされたやさしさに気づき、そうしていつかコブの痛みも、さみしかった心の痛みも忘れていった。

朝、ふたりは水と光をけちらし泳いだ。

「たとえどんなに離《はな》れたって、おれはおまえを見つけられるさ。友だちってそういうもんだぜ」

そういって、ヤゴはくるりと回った。

「たとえどんなに姿を変えても、ぼくはきみを見つけられるさ。友だちってそういうもんさ」

そうこたえ、ハテもくるりと回った。ふたりは池の中、くるりくるりと渦《うず》ができるほど回った。

夜、夢《ゆめ》にうなされるヤゴの声にハテは目ざめた。

ハテがヤゴをゆり起こすと、

「おまえを食べてしまう夢を見た。ああ、なんてひどい夢なんだ」

とヤゴが泣《な》いてうちあけた。

すこしも泣きやまないヤゴに、

「きみにだったら食われてやってもいいさ」

ハテはヤゴに笑《わら》いかけた。

ふたりはひとつの金魚藻《も》にくるまって眠った。月あかりのきらめく水底に今度は楽しいおなじ夢を見ようと、約束《やくそく》して眠った。

光がオーロラみたいにゆらめく日、ヤゴがいった。

「おまえの尾《お》ヒレったら、とてもいい形だ。まるで木の葉がおどっているようさ」

そうだ、とヤゴは手をうった。

「花をかざったらどうだ。きっと似合《にあ》うぞ」

ハテははじめて気がついた。池の魚、みんなが持っているヒレをヤゴはひとつも持っていない。

「きみにはヒレがなかったんだね」

「だからおれ、メダカからもフナからも仲間はずれにされて、きらわれたのかなぁ」

ヤゴは、照《て》れたようにいいながら、

「だからあいつら食ってやった。ハッ」

ハテにはヤゴのさみしさがつたわり、尾ヒレでそっと涙《なみだ》をぬぐった。

素敵《すてき》な考えをハテは思いついた。

「きみはここで待っててよ。約束《やくそく》だよ」

ハテは、岸辺《きしべ》に向かって泳いだ。

「木の葉を探《さが》すんだ。ヤゴの足にむすべば、だれにも負けない足ヒレに見える、とびっきりの木の葉を」

ハテはあちらの岸辺、こちらの浅瀬《あさせ》と探しまわった。しかしヤゴの体の色に似合う、大きさがぴったりくる木の葉を探すのは、ハテが思うほど簡単《かんたん》ではなかった。

太陽が何回か出ては沈み、月が何回か出ては沈み、ハテは木の葉をかかえてやっともどった。

ところが、ハテがもどったというのに、喜《よろこ》んでくれるはずのヤゴの姿はどこにもない。

ハテはヤゴをたずねてまわった。

だれかにきこうと、ヤゴの名前を出したとたん、ドジョウは砂《すな》に身をかくし、ザリガニはハサミをふり上げ後ずさりして、タニシときたらピシャリとからをとじてしまう。

あらためて、ヤゴの友だちが自分だけだったことを知り、ハテはますます切なくなった。

よろよろと石に上って空をながめた。

自分の中に、自由な王様はもういない。いるのは、友だちにがんじがらめにしばられているみじめなハテだけだった。

「なぜ、ヤゴは約束を守らない」

ハテは水かきのついた手で、ピシャリピシャリと石をぶった。

その時になって、自分の手足に目が行った。

水にうつった姿に、ハテは思わずぞっとした。あんなふうにならないと誓ったはずの父さんに、今のハテはうりふたつだった。

「なんてことだ。なりたいものになる自由さえ、初《はじ》めからなかったなんて」

いったいなんのために飛び出したのか、なにをしてきたのか、もうすっかりわからなくなり、ハテはただぼんやりと空をながめていた。

すると、青い空の中からキラリと光るものが飛んできた。そしてハテの目の前の石にちょんととまった。

虹《にじ》を切りとったような羽をふるわせて、トンボがハテにいった。

「どんなに遠く離れたっておれはおまえを見つけられるさ。友だちってそういうもんだぜ」

ハテは信《しん》じられない思いでなつかしい友だちを見つめた。

「どんなに姿を変えたって、ぼくはきみを見つけられる。友だちってそういうもんさ」

ハテは、木の葉をそっと捨《す》てた。

トンボとなったヤゴの方でも、小花をこっそり放って捨てた。本当は、ハテの尾ヒレにかざってやりたくて、あちらこちらと探し集めた花だった。

池の上、もう役に立たなくなった木の葉と花が、だれにも知られず流れていった。

「ねえ、きみの目から見た世界はどんなふう?」

ハテは、トンボの目をのぞきこんだ。

「そうさなぁ、カエルが百匹、おれの目をじっと見てるさ」

鼻先がふれるほどハテはトンボに近づいた。

「ひゃぁ、たしかにそうだ。きみの目ったら、百もの小さな目がより集まってんだ」

「そうさ。百の太陽に百の月、一千の花に一億《おく》の星。それに……」

トンボがカエルをじっと見た。

「……それにたった百匹の親友さ」

ハテはふしぎに思って、たずねた。

「ねえ、するとひとりってもんが、きみにはないんだね」

「うらやましいだろう？」

トンボは胸《むね》をそらせた。

「ぜーんぜん。ぼくはぼくさ。ぼくの世界のたったひとりの王様を、大事にできればそれでいいんだ」

トンボの百の目が、つぎつぎかげっていくのに気づいてハテはあわててつけ加《くわ》えた。

「見えているものが違ったって、ぼくはきみが大好《だいす》きさ。ぼくの中の王様がそういってんだ」

ハテは、飛んできた羽虫をパクリとやった。

「食べてしまいたいくらい、きみが好きだな」

ハテの言葉にトンボは一瞬《いっしゅん》ギョッとしたけれど、すぐににやりと笑《わら》った。

「おまえにだったら食われてやってもいいさ」

ハテは大きくうなずくと、できたての手足をのばして池に向かって思いきりジャンプした。

りっぱな牡鹿

森にりっぱな牡鹿《おじか》がいた。

名前をホーイチといった。

みんなは牡鹿に悩《なや》みをきいてもらっていた。

ある日、牡鹿がおひるのパンを食べようとしていたときのこと、ヤマアラシの若者《わかもの》がよろよろと入ってきた。

「ホーイチさん、ぼくはもうだめです」

いつもつんつんとんがって、弱みを見せないはずのヤマアラシだった。

INSIDE

「いったいどうしたっていうんですか」

牡鹿はヤマアラシをいすにすわらせた。

「ホーイチさん。ぼくのガールフレンド、やさしいジレンマのことは知ってますよね」

牡鹿はうなずいた。ジレンマというのはあまり評判《ひょうばん》のよくない、とげとげしい感じのヤマアラシの娘《むすめ》だった。

「あの娘《こ》に、きらいだとはっきりいわれてしまったんです」

テーブルの上につっぷして、ヤマアラシは泣《な》きくずれた。

「もう生きていく意味をなくしました」

牡鹿は見ていられなかった。

「そんな。ジレンマだって、本気でいったんじゃないかもしれませんよ」

「そうでしょうか」

ヤマアラシはテーブルから、涙《なみだ》にぬれた顔をあげた。

「そうだ。そうかもしれない。わざとぼくをきらったふりをしただけかもしれない」

その頭のトゲにはテーブルにあったパンがささっていた。

「あまり近寄《ちかよ》っては自分のトゲがぼくを傷《きず》つける。それをおそれたのかもしれない」よろよろといすから立ちあがったおしりには、クッションがささっていた。

「ああ、そんなにもぼくは愛《あい》されていたのに」かべにぶつかったひょうしにカレンダーが背中《せなか》にひっかかり、つかまった棚《たな》ではかざってあったヌイグルミがくっついた。

「それなのに、気づかないでいるなんて」出窓《でまど》にもたれると、ポーズをとった。

「ぼくって、とんだおばかさんだ」

ほんとにおばかさんだと牡鹿は思った。窓に干《ほ》してあったぞうきんやらハンガーやらが、背中《せなか》にからまっているのにも気づかないでいるなんて。
「なんだか生きる意味を取りもどせた気がします。ホーイチさん、ありがとう」

ヤマアラシは、パンのついた頭をなんども下げて帰っていった。

クッションとカレンダーとヌイグルミとハンガーとぞうきんがくっついて、もとがいったいなんなのかわからなくなったヤマアラシの後ろすがたを見送りながら、牡鹿は考えていた。

ヤマアラシのいう「生きる意味」っていったいなんだろう。

ほかのことにはまったく気づかなくなるほどに、大切なものなのだろうか。

牡鹿はわからないまま、また新しいパンをテーブルにならべはじめた。

いすについたところで、アライグマがドアをたたいた。

牡鹿が招《まね》き入れると、アライグマのおじさんはつかつかとテーブルの前までやってきた。

「なんでも洗《あら》わずにはいられない自分がすっかりいやになってしまったぞ。きのうのテレビで知ったのだが、潔癖症《けっぺきしょう》という心の病にかかっているのにちがいない。現代病《げんだいびょう》の一種《いっしゅ》らしい」

アライグマは自分の顔をつき出した。

「なにしろ病気だから食欲《しょくよく》もない。おかげでげっそりしてほらこの通り、目のまわりに茶色いクマまでできてしまった」

目のまわりが茶色いのはもともとだろうに、と牡鹿は思ったけれどだまっていた。

アライグマは目の前のパンをつかむと、とめるまもなく流しでごしごし洗いはじめた。

「洗うことに意味などないのだ」

茶色の手袋《てぶくろ》をはめたような手をひろげてみせる。

「ほら、パンはこの通り消えてしまった。洗うことに意味がないどころか、洗ってしまったら意味がなくなるんだ」

牡鹿はなにかがツノにひっかかるような気がした。それでも頭をひとふりすると、そんなモヤモヤをふりはらって、アライグマの目を見た。

「ものごとにはふたつの面があるものです。きれい好《ず》きでいることは悪いことばかりではありません。自信《じしん》を持ってください」

「ああなるほど。わたしはかたよった見方をしていたのかもしれない。よくわかったぞ。おかげで元気が出てきた気がする」

アライグマはおにぎりを取りだしてみせた。

「元気になったら、食欲も出てきたようだ。帰ったらさっそく洗って食べるつもりだ」

アライグマがうれしそうに出ていくのを牡鹿は見送った。洗われたおにぎりがいったいどうなるかなんて、心配してもしかたがないことだった。

そんなときだ。

「あたしが鳥でいることに、いったいなんの意味があるっていうのさ」

ダチョウが、わめきながらとびこんできた。

「ねえ、教えて。あたしは鳥なのにどうして飛《と》べないのよ。あの頭のおかしなカンガルーが追いかけてきたときに、なんで二本の足でどたどた走って逃《に》げなきゃいけないの。この役立たずの羽はなんの意味があるっていうの。ねえ、教えてホーイチさんっ」

牡鹿はひっかかっていたものの正体に気づいた。

しかしダチョウはわめきつづけた。

「教えて。あたしが鳥でいることのいったいどこに意味があるっていうのっ」

風船をふくらませているうちに、破裂《はれつ》する最後《さいご》のひとふきというものがある。

この言葉はそのひとふきになった。

「ダチョウめ、やかましい。どいつもこいつもひとつおぼえみたいにいう。イミがあるのかって。イミ、イミってもううるさいんだっ」

ダチョウはびっくりして、だまって長いまつげをぱちぱちさせているだけだった。

「イミってなんだ、イミって。アミならダチョウをつかまえられる。ユミならダチョウを射《い》ることができる。スミならダチョウを焼《や》いて食える。で、イミってなんだ？」

ダチョウは逃げだした。あんまりあわてすぎていたせいか、空をばさばさ飛んでいった。

牡鹿は窓のむこうの空に向かってツノをふり上げた。

「意味なんてもの、もともとないんだ。生きていくのに、意味なんていらないんだ。ただ生きているだけでじゅうぶんなんだ」

牡鹿は決心した。

「ぼくはこれから、意味のあることは、いっさいしないことに決めたぞ。決めたったら決めた。いっさいだ。いっさいしないんだ」

牡鹿は、ふっ切れたように気持ちが軽くなるのを感じた。

大きなのびをして、いすにすわろうとした。そこであわてて腰《こし》をうかした。

「いすはすわってこそ意味があるってもんだ。だから、すわったりしたらだめなんだ」

牡鹿はいすをツノにひっかけた。

「ふう。もう少しでいすに意味を持たせてしまうところだった。あぶない、あぶない」

気を取り直して、お茶をのむことにした。やかんを用意したところで、はたと気づいた。

「ぼくはなんておろかなんだろう。またうっかりと、意味のある行動をおこしてしまうところだったではないか。このやかんでお茶をわかすなんて、もってのほかだ」

牡鹿は悩《なや》んだ。

「どうやったら、こいつを意味からときはなしてやれるのか」

そして思いついた。

「よし、きみを飼《か》ってやろう」

やかんをだきしめ、やさしくなでてやっていたときだ。

牡鹿の父親がたずねてきた。

「ツノにいすをひっかけて、やかんをなでくりまわしているなんて、いったいぜんたい、おまえはどうしたっていうんだ」

牡鹿は、しばらく考えたあげくにこういった。

「いすはやかんに批判的《ひはんてき》。だけどぼくら森の音楽家だから、いやが上にもすくい投げでダンス、アンド、シュート!」

「……おまえはいったいぜんたいなにをいっているんだ。さっぱり意味がわからん」

「それでいいんです。意味があってはいけないんです」

また牡鹿は思いをめぐらせた。自分の父親にはなにをしたら意味がなくなるだろう。

「父さんに話す、では意味がある。父さんをおこらす、では意味が大あり、というよりそのまんまだ」

そうだ、牡鹿はひづめを打った。

「父さんを着よう」

父さんを吹《ふ》いてもいいし、くみ上げてもいいが、まずは着てやるんだ。

牡鹿は父親を肩《かた》にかついだ。

「こら、なにをする」

当然《とうぜん》、父親はおこったけれど、牡鹿は気にしなかった。とりあえず、かたちとしてそれが着ている感じだと思った。とても意味のないことをしている満足《まんぞく》感《かん》にすっかり上機嫌《じょうきげん》だった。

「さあ、さんぽにでかけよう」

Drinks

そのまま牡鹿は家を出た。いすをツノにかけ、やかんにひもをつけてガラガラひっぱり、父親を着ている自分の意味ナシぶりを、みんなに見せつけてやりたかった。

さまざまな意味から解放《かいほう》されて、牡鹿ははじめて自由になった気がした。

森のみんなが集まってきた。そして、こそこそとささやきあった。

「見てごらん。父親を背《せ》おっている」

「しかも、休みをとらせるためのいすと、お茶のやかんまで用意してやっている」

「ちょっとやそっとではマネのできない孝行《こうこう》ぶり。さすがりっぱなホーイチさんだ」

牡鹿はそれをきいて、力がぬけていくのを感じた。

「ダメだ。これだけやってもわかってはもらえない」

なにをやったところでだれかが意味を見つけだしてしまうことへの失望感《しつぼうかん》に

うちのめされた。

「ぼくのやったことは意味がなかったんだ」

しかし、そうつぶやいた自分の言葉に牡鹿は首をかしげた。つまり、とうとう意味がなかったことをやりおおせたのだ。すると今度は満足感が心をみたした。

かわるがわるに心をみたす失望感と満足感とが、牡鹿をとても中途半端《ちゅうとはんぱ》な気持ちにさせた。

牡鹿の半端なようすに、森のみんなは心配になった。

みんなで父親を背中《せなか》からおろしてやり、ツノからいすをはずし、牡鹿をそこにすわらせた。そしてやかんでお茶をわかしてやった。

アライグマが、いくつものおにぎりを持ってきた。

「これを食べるといい。いま、きれいに洗ってきてやるからまっていなさい」

それを聞いたみんなはすぐにアライグマをひきずりたおし、洗われてしまうまえのおにぎりを取りあげて、牡鹿にさし出した。

牡鹿はことわる気力もなく、ただだまってそれを口にした。

ひと口、ふた口と食べていくうちに、牡鹿はおにぎりをのみこめなくなってしまった。

あんまりおいしくて、涙《なみだ》があふれてきてしまったのだ。

そしてずっとパンを食べそこねて、おなかがペコペコだったことをやっと思い出した。

牡鹿は夢中《むちゅう》になって食べつづけた。

おなかがいっぱいになったところで牡鹿はつぶやいた。

「いったいなににこだわっていたのだろう」

とてもおだやかな顔つきになっていた。さっきまでとがっていたツノのさきっぽまでが、丸くなっていた。

そんな牡鹿のようすにみんなもほっと胸《むね》をなでおろした。

そこへ旅人が通りかかった。

牡鹿は声をかけた。

「そこを行く旅の人」

立ちどまった旅人に向かって、牡鹿はのこりのおにぎりをさし出した。

「これを持っていきませんか。旅の途中《とちゅう》で、もし人生の意味について悩んだら、とりあえず食べてみてください。それから悩んでもおそすぎません」

旅人はこたえた。

「いりません。人生の意味はおにぎりの中にではなく、パンの中にこそあるのです」

牡鹿は気まずくおにぎりをひっこめた。

それを見て、旅人はあやまった。

「ごめんなさい。えらそうなことをいいました。本当はふかい意味などないのです。くる途中でトラにあげてしまったパンが惜《お》しくなってしまっただけなのです」

セミが近くの木にとまり、イミナシホーイチ、イミナシホーイチと鳴いていた。

お客さまはお月さま

風がびょうびょうふく、寒い夜。

熊《くま》は家にかえるところだった。

友だちはみんな冬眠《とうみん》してしまった。親友である頭のうちどころの悪かった熊も、レディベアとなかよく冬眠してしまった。

それなのに、不眠症《ふみんしょう》の熊だけは眠《ねむ》れない。ひとりぼっちで冬を越《こ》さなければならなかった。

「あ、三日月がついてきてくれる」

夜空を見あげて、熊はいった。

「ずっとついてきてほしいなあ」

三日月はずっとついてくる。

ほらあなにある熊の家についた。

熊がほらあなの家に入った。

月も入った。

「ずっとついてきてほしいと、たしかにいったよね」

三日月がそういうので、熊はあわててスリッパをさし出した。

お茶をすすりながら月がいう。

「きみの胸《むね》に、ぼくがいるよ」

熊は胸に、三日月のもようを持っていた。

「ぼくは月《つき》の輪熊《わぐま》だから」と、説明《せつめい》する熊に
「ぼくたちは、兄弟かもしれない」と、月がいう。

「月と熊が兄弟なんて、へんてこさ。きいたこともないや」

と熊は、照《て》れかくしみたいにつっけんどんにいった。

でも月は知らん顔で「へんてこでもいいさ。とにかく、ぼくにはきみは特別《とくべつ》だよ。なかよしになる運命なんだ」

友だちになりたくなると、みんなそう。ふたりだけは特別っていうしるしを、どこからだって探《さが》しだしてくるものなのだ。

夜もふけた。

「だんろの火はあったまるね。空の上はこごえるほど寒いんだ」

三日月がそういうのに、だんろの火はだんだん小さくなってきた。

「まきをとってくるよ」

熊はひとりで、外に出た。

熊がほらあなを出た、そのときだった。

つよい風がごおっとふいた。

　すると大変《たいへん》。ほらあなのすぐ上の岩がかたむき、ゆっくりとすべり落ちてくるではないか。そして、ちょうど家の入り口をふさいだところで、ずん、ととまってしまったのだ。

「わわわわわ」

　熊はあわてた。

「月が……三日月がとじこめられちゃった」

　熊は岩にとびつき、力いっぱいおしてみた。

　岩は動かない。

　すこしはなれたところから走っていって、思いっきり体あたりをしてみた。

　岩はぴくりとも動かない。

　外はくらやみ。

　夜色をした熊の、胸の三日月だけがぽうっとうかびあがっている。

　熊は、その胸に手をあてた。

「岩をどかすぞ。友だちをたすけるぞ」

とはいったものの「いったい、どうやって……」

腕組《うでぐ》みをして、ためいきをついてしまった。

月のない夜空を見あげ、考え考え、歩いていた。

熊は右に歩く。

星が不安《ふあん》そうに、右についてくる。

熊が左に歩く。

星があわてて、左についてくる。

熊がまっすぐにだーっと走る。

星もまっすぐにひゅーっとついてくる。

熊がぴたりととまると、星たちはたがいに音をたててぶつかりあいながら、やっととまる。

熊は、ぱふん、と手をうった。

そして、岩にくるりと背《せ》を向けた。

丘《おか》にのぼる坂道を、どこどこどこどこ、のぼりはじめた。

丘のてっぺんまでのぼったところで天を見あげた。

熊の頭の上は、一面の星空だ。

熊はうなずき、下の岩を見おろした。

それから、丘をいきなりかけおりた。

星が熊のあとを追いかける。

熊の毛がびりびりふるえ、ほっぺがこおり、耳がきいんと鳴りはじめた。ビユウビユウ、ゴォゴォ、空の上からも音がきこえる。

岩が目の前にせまってきた。

もうぶつかるというそのときに、熊はからだをふせて急にとまった。

ついてきた星たちは、急にはとまれず、熊の頭の上を追いこしていった。

カキーン、コキーン、チカチカコーン。

ダイヤモンドのようにかたい星たちがつぎつぎ岩にぶつかっていった。

岩は花火のように、くだけちった。

銀色の星の光のまん中に、金色の月の光があらわれた。

「やっぱりきみは、特別さ」

三日月はぴかぴかと笑《わら》った。


それからも、月は熊についてくる。

ただ、星たちもついてくるのには、熊も少しこまってしまった。

月と星とがいっぺんに入るには、熊の家はせますぎたのだ。

大切なもの教える寓話《ぐうわ》

小泉今日子

表題が気になり、イラストに心を奪われ、この本を手に取った。ページを開いてみたら、七つの寓話と、たくさんの動物達が勢いよく飛び出してきた。頭のうちどころが悪かった熊《くま》は喪失した大切な記憶と最愛の人を取り戻し、キツネを食べてしまったトラは後悔して号泣し、ヘビの一家は家族の絆《きずな》を確認し、ひねくれ者のカラスはないものねだりをし、おたまじゃくしはたったひとりの自分の世界の王様になり、立派な牡鹿《おじか》は意味という言葉の意味を考え、冬眠が出来ない不眠症の月の輪熊は三日月と戯《たわむ》れる。

子供の頃にこの物語を読んだら私は何を感じ、何を考えたのか知りたくなった。物語というのは経験によって読み取るものが変わる。俗世間の垢《あか》がずいぶん付いた私が読むと、動物達の中に人生に疲れた危うい大人達の姿がチラチラと浮かんでしまう。その中に自分自身の姿まで見つけてしまいドキッとさせられた。それは、誰かに叱《しか》られ、恥ずかしくて顔がみるみる真っ赤になるような懐《なつ》かしい感覚だった。

大人になって、寂しいと感じるのは人に叱られなくなることかもしれない。出来が悪い子供だった私は、親や先生にうんざりするほど叱られていた。でも、そのお陰でいろんなことに気付かされたように思う。叱られながら守られていたのだと今になって感謝する。今でも時々誰かに叱られたいと思う。そんな時、私は本を読む。こんな風にこっそり何かに気付かせてくれる一冊にちゃんと出会えるからだ。

七つの寓話の動物達は、みんな誰かのことを思って生きている。その思いは、孤独の空《むな》しさを知った時に初めて大切に出来る事なのかもしれないと思った。この本はきっと本棚を選ばないだろう。子供部屋から立派な書斎まで、どこに収まっても、どんな人が手に取っても素敵な一冊になると私は思う。

（女優）

読売新聞二〇〇七年五月十三日書評を再録

この作品は二〇〇七年四月理論社より刊行された。

西の魔女が死んだ

梨木香歩著

学校に足が向かなくなった少女が、大好きな祖母から受けた魔女の手ほどき。何事も自分で決めるのが、魔女修行の肝心かなめで……。

裏庭

児童文学ファンタジー大賞受賞

梨木香歩著

荒れはてた洋館の、秘密の裏庭で声を聞いた——教えよう、君に。そして少女の孤独な魂は、冒険へと旅立った。自分に出会うために。

りかさん

梨木香歩著

持ち主と心を通わすことができる不思議な人形りかさんに導かれて、古い人形たちの遠い記憶に触れた時——。「ミケルの庭」を併録。

エンジェル エンジェル エンジェル

梨木香歩著

神様は天使になりきれない人間をゆるしてくださるのだろうか。コウコの嘆きがおばあちゃんの胸奥に眠る切ない記憶を呼び起こす。

からくりからくさ

梨木香歩著

祖母が暮らした古い家。糸を染め、機を織る、静かで、けれどもたしかな実感に満ちた日々。生命を支える新しい絆を心に深く伝える物語。

家守綺譚

梨木香歩著

百年少し前、亡き友の古い家に住む作家の日常にこぼれ出る豊穣な気配……天地の精や植物と作家をめぐる、不思議に懐かしい29章。

春になったら苺を摘みに　梨木香歩著

「理解はできないが受け容れる」——日常を深く生き抜くことを自分に問い続ける著者が、物語の生れる場所で紡ぐ初めてのエッセイ。

ぐるりのこと　梨木香歩著

日常を丁寧に生きて、今いる場所から、一歩一歩確かめながら考えていく。世界《ぐるり》と心通わせて、物語へと向かう強い想いを綴る。

沼地のある森を抜けて　梨木香歩著
紫式部文学賞受賞

はじまりは、「ぬかどこ」だった……。あらゆる命に仕込まれた可能性への夢。人間の生の営みの不可思議。命の繋がりを伝える長編。

渡りの足跡　梨木香歩著
読売文学賞受賞

一万キロを無着陸で飛び続けることもある壮大なスケールの「渡り」。鳥たちをたずね、その生息地へ。奇跡を見つめた旅の記録。

不思議な羅針盤　梨木香歩著

慎ましく咲く花。ふと出会った本。見知らぬ人との会話。日常風景から生まれた様々な思いを、端正な言葉で紡いだエッセイ全28編。

エストニア紀行　梨木香歩著
—森の苔・庭の木漏れ日・海の葦—

郷愁を誘う豊かな自然、昔のままの生活。被支配の歴史残る都市と、祖国への静かな熱情。北欧の小国を真摯に見つめた端正な紀行文。

頭《あたま》のうちどころが悪《わる》かった熊《くま》の話《はなし》

新潮文庫　あ－69－1

平成二十三年十二月一日発行
令和三年八月三十日五刷

著者　安《あん》東《どう》みきえ

発行者　佐藤隆信

発行所　株式会社新潮社

郵便番号　一六二―八七一一
東京都新宿区矢来町七一
電話　編集部(〇三)三二六六―五四四〇
　　　読者係(〇三)三二六六―五一一一
http://www.shinchosha.co.jp

価格はカバーに表示してあります。

乱丁・落丁本は、ご面倒ですが小社読者係宛ご送付ください。送料小社負担にてお取替えいたします。

印刷・錦明印刷株式会社　製本・錦明印刷株式会社

ISBN978-4-10-136741-5　C0193